끝

황금알 시인선 190
끈

초판발행일 | 2018년 11월 30일

지은이 | 박상옥
펴낸곳 | 도서출판 황금알
펴낸이 | 金永馥
선정위원 | 김영승 · 마종기 · 유안진 · 이수익
주간 | 김영탁
편집실장 | 조경숙
표지디자인 | 칼라박스
주소 | 03088 서울시 종로구 이화장2길 29-3, 104호(동숭동)
전화 | 02)2275-9171
팩스 | 02)2275-9172
이메일 | tibet21@hanmail.net
홈페이지 | http://goldegg21.com
출판등록 | 2003년 03월 26일(제300-2003-230호)

값은 뒤표지에 있습니다.

ISBN 979-11-89205-27-0-03810

*이 책은 충북문화관광재단의 예술창작지원금 일부를 지원받았습니다.
*이 도서의 국립중앙도서관 출판예정도서목록(CIP)은 서지정보유통지원시스템
  홈페이지(http://seoji.nl.go.kr)와 국가자료종합목록시스템(http://www.nl.
  go.kr/kolisnet)에서 이용하실 수 있습니다. (CIP제어번호 : CIP2018038290)

끈

박상옥 시집

황금알

나의 말들이 지천으로 피어난다면

비가 내리면 젖을 것이고

눈이 내리면 얼을 테지만,

봄이 오면 다시 뾰족한 희망을 들이밀듯

궁금하여 다시 열어보는 말의 성찬이면 좋겠다

그 언제이든 누구든

가만히 나의 말을 들여다보아 준다면,

눈물방울 같은 꽃송이

기꺼이 향기로 내어주면

야생화를 닮은 나의 말들이

널리 지천으로 피길 바란다

차 례

2부

3부

4부

1부

책

오래 들여다보면
나비 떼 무수히 날아오른다

문득
벌레들 천천히 기어가고
벌레들 곰곰이 기어가고
꼼지락 꼼지락
생각 벌레들 바글바글 끓는다

가끔 가만히 들어가 누워보는
네모난
관

끈 1

무인도에서 누군가 죽었다면 분명
파도에 끊어진 끈들의 파편 때문일 것이다
끈을 타고 흐르는 물방울
끈에 다글다글 매달린
끈이 되어 흐르는 핏방울
끈을 찾아 매듭짓는 사람들
끈이 흐르는 거리
끈이 많은 사람들
끈이 없는 사람들
어쩌다 뒷골목엔 끈 끊어진 사람들
끈을 버린 사람들
칭칭칭 끈에 감긴 사람들
끈 없이 터키 해변에 도착하여
온 유럽을 부끄러운 끈으로 감아버린
세 살배기 아일란 쿠르디
오늘도 수많은 자벌레들
열심히 재고 있는 끈

그림자

평생 당신을 지켜드릴게요
나는 당신에게서 나온 당신
갈라진 얼음호수 건너에 당신 섰을 때
강물 흐르는 저편 기슭에 당신 두었을 때
잠시도 이별한 적 결코 없었으니
고드름처럼 거꾸로 자란 사랑에서도
구절초가 눈부셨던 뒷산 노을에서도
묵묵히 당신을 지켰으니
비로소 모든 사람이 당신과 행복을 누린 뒤에
때로 눈물로 때로 미소로 다들 떠나고
당신 혼자 남은 그 서러운 적막 오거든
그때도 가만히 안아드릴게요
희어진 당신 머리칼 말없이 헤아리며
끝끝내 당신이 되어
가 –만–히 –스–며–드–릴–게–요

위대한 인사

밥숟가락 들어와요
입 벌리고 수그리세요
입안 어둠 속으로 밥 들여야지요
세상 환하게 밝히려면
내장이 가장 환해야 해요

햇빛 아래 당당히 서야지요
절대 무너지지 말아야지요
집집 기둥처럼 직립으로 서길 바라신다면
밥 한 톨 흘리지 않도록 고개를 수그리세요

국수 가락으로 땅의 기운을 빨아들이듯
국수나 밥이나 무엇을 먹을 적마다
바닥에 집중하세요
먹을 때는 수그려 인사하는 거예요

나비

나비를 삼켰어. 아. 입을 벌려 바람을 마시다 꿀꺽! 텁텁하고, 미끈거리고, 한없이 보드라운 것을 삼켜버렸어. 그러고는 내 몸에서 나비가 부활했을지도 모른다고 생각했어

목욕하던 요양원 노인들 생각이 났어. 주름투성이 벌레가 돼 버린 몸

그러니까 숨 탄 것들의 처음은 다 벌레였듯, 나 역시 벌레였을지 모른다 생각했어. 그럴 때면, 몸속에서 은빛가루 털어 내거나 장밋빛 허파를 갉아먹는, 있지 그 선연한 느낌

맞아 내 몸속엔 에덴에서 건너온 벌레, 아니 그 벌레 우화한 나비 한 마리 살고 있을지 몰라

끈 2

터미널에서 만난 그는 아무런 말도 없이 날 바라보고
있었다
나도 모르게 고개를 돌린 것인데 그 희끗희끗한 머리
가 날 불렀을까
아무튼 당신은 속초행 버스를 타고 아무튼 나는 서울
행 버스를 타서
버스와 버스 사이에서 무연히 그대로 응시하며 멀어졌
을 뿐

잠들기 전 베갯머리에 우두커니 불려 와 그가 앉았다
낯익거나 낯선 사이를 종일 건너서 용케도 끊어지지
않은
이렇게 그를 불러들이는 이 누구신가

24시간 긴 문장과 문자 사이로 풀려나간 타래
쳐다보는 순간 튕겨 나간 화살 타래
구름 숨을 묶는 타래

두 손에 벌여 놓은 어머니의 실타래처럼
밤 동안 인연의 실 감아 들이는 이 누구신가

21세기 미투 1

함부로

꽃 속에

들어가

....

벌레들 박제되고 있다

사람이거나 시인이거나

세모는 세모대로 완벽합니다
바람이 불어도 넘어지지 않습니다

네모는 네모대로 완벽합니다
나보다 높은 곳, 마주 보는 높이를 인정해 줍니다
낮은 곳에서 마주 보는 겸손을 인정합니다

동그라미는 동그라미대로 완벽합니다
어디든 그럭저럭 잘 굴러갑니다

누구나 존재 자체로 완벽합니다
완벽하지 않으면 태어나지 않았을 겁니다

상처를 사랑으로 아물게 할 수 있어서
저마다의 나름대로 행복합니다

21세기 미투 2

누가 옆구리를 걷어찼는지
쓰레기통 배가 터지고 있다

뻥 뚫린 곳을 들여다보니
한바탕 끝낸 뒷모습들 마구 뒤엉켜있다

포장하면 할수록 버릴 것 많아서
휴지처럼 구겨진 착한 가면들

함부로 사랑한 낙서의 주인이 누군지

————

쉿, 비밀이에요

나뭇잎 휴지

나뭇잎으로 엉덩이를 닦은 적이 있어
책가방에 찔러 넣어진 편지로 엉덩이를 닦은 적이 있어
빛바랜 창호지로 엉덩이를 닦은 적이 있어
나무가 변기 속으로 들어간다는 것은 몰라도
나무 아래 둘러앉아 놀고 있는 동안,
줄을 걸고 매달아 놓은 휴지가 휘날렸어
목소리들이 휘날렸고 몸들이 휘날렸어
나무에서 온 가벼운 나무
열대우림이 변기 속으로 들어가는 게 보였어
숲이 휴지통 속으로 들어가
숨차다고 내게 말하는 소리가 쌔앵쌔앵 들렸어
숨이 차다는데 눈에는 보이진 않아
AI가 휴지만 만들어도 좋을 텐데, 봐봐,
깨금발로 건너가는 가을 햇살이 마구 벌레 먹고 있어

미래의 가족

규칙적으로 친근하게 다가설 뿐

잊는 법이 없으니 간격의 골이 깊어요

먹지 않으니 간격의 골이 깊어요

죽지 않으니 간격의 골이 깊어요

증조부의 죽음을 지켜봤듯이
나의 죽음도 지켜볼 테지요

체스. 바둑. 퀴즈풀이는 영원히 이길 수 없는 끔찍한
게임

불끈 쇠망치로 내려치고 싶은 위험한 가족이에요

돌아가고 싶어요 하지만
맹목적으로 달려오고 주어지는 가족들이에요

AI 가족들
부러진 팔다리 깨어진 얼굴들 창고에 가득해요

사람과 사랑

좁은 골목 입구에
〈사람 지나갈 수 없음〉이라고 쓰여 있다
아무리 다시 보아도
〈사랑 지나갈 수 없음〉이라 읽힌다

뒷산에는
〈사랑 끝났음〉이라고 새겨진 나무
〈사람 끝났음〉이라 읽힌다

'ㅇ'과 'ㅁ'이 본디 하나인데,
세월에 닳아 곡선이 되는 것

흙밥을 먹기 전까지
이승의 숙제가 되어 버린
사람과 사랑

'말'의 저녁

언덕 중간쯤에 서 있었던가
'하얀 집이네' 하고 읊조리는데 누군가
'아니야' 하면서 집이 사라지고
물오리만 몇 마리 헤엄치고
'호수가 있어' 라고 읊조리자
호수도 물오리도 슬그머니 사라진다

숨쉬기에 눈물을 내준 시든 무처럼
늦은 시장 한 편에서
바람이 종부의 머리칼을 당기었던가
이즈음 돌아보면 아니 그즈음
하얀 집과 호수 위의 물오리
내가 잘못 부른 저들의 이름을 찾으려고
희끄무레 꿈틀꿈틀 거린다

어둠이 생멸生滅한 말을 자꾸 삼킨다

내 귓속에 초원이 있어

말이 마시고 건너가는 강이 있어. 원시엔 십 리 밖의
소리도 건너 준 움직이는 구름, 불어오는 바람 소리로
내일을 가르쳐 준

전설이 있어 총소리, 대포 소리, 빨랫방망이 소리, 맷
돌 소리, 금성라디오 부르릉 차 소리, 층간 소리, 길거리
의 경적 소리, 자리다툼, 악다구니, 시멘트 건물 사이로
달아나는 이별, 소리가 몰려가는 강이 있어

밤낮 없이 물이 흘러 말이 마시지 않는 물 바람이 거둬
가지 않는 물 햇살에 빛나지 않는 물 젖은 말들이 건널
수 없는 물 자주 또는 가끔, 강물에 떠내려가는 검은 말
들 촉촉이 젖어 있어

의사는 두 시간 반이나 고막을 막았지만 둑은 다시 쉽게
무너졌어 이젠, 말들이 찰방거리며 건너가는 강을 갖고
싶어 말의 기수가 정수까지 달려가 소리의 깃발을 꽂는

말들이 순하게 풀을 뜯거나 달리는 초원 귀지 닮은 풀
들이 무성한 초원을 갖고 싶어

어항일기

한 마리 또 어디 갔어, 물어도
먹기 바쁠 뿐
내 말은 아랑곳없다
맨 처음 12마리
갓 난 치어 6마리
꼬리 생긴 중치 6마리
그럭저럭 6개월을 떨어져 살았으니,
이젠 함께 살라고 합친 이후
하루 한 마리씩 어린 치어가 사라진다
누군가의 뱃속으로
들어간 놈이나 숨긴 놈이나
당신이 실수한 것이라고
귀퉁이라도 내 말은 듣지 않는다
당신이 실수하신 것을 모르시고
당신이 실수하신 것을 모르시고
쯧쯧 혀를 차며
저 산모퉁이 구름을 걷어내신다
골골이 박힌 지구 마을 목숨을 궁금해하신다

신발의 유전

짚신을 엮던 손이나
구두에 제 발을 넣는 손이 다르지 않아
축축이 괴여 있는 신발에 발 넣어 있는 동안
마음도 젖었을 테지
잠방이가 토담집에서 벌러덩 누워
짚신을 벗지 않아도 좋았던 사내처럼
들여다보면 당당한 주인을 닮은

저 구두끈들 촘촘히 조여져 있다
끈을 조여 매던 몸이
햇살 같은 아내를 돌아보며 끈을 늘이고
걸어온 만큼 조여 맨 끈들 길을 잠시 쉰다

단단히 맨 끈 때문에 발이 편한 동안
신발의 우주는 어디서나 출구다

사람과 가족과 이웃을
둥근 생각과 둥근 끈으로 묶어 놓는다

우물쭈물

너무 달리지 말아요
배터리가 방전되잖아요

우물쭈물도 나쁘지 않아요
한 세월 휘젓고
한 역사 휘저으며 늘어지게
시간이 어디 숨었나 찾아봐요

사람과 사람 사이
생각과 생각 사이
잠깐 이나마 눈 맞춰 봐요

저기요 저기
무지개가 젖은 꽃잎을 안아주네요

우물쭈물 날 읽어주던 당신 손이 보여요

팔랑팔랑 시간 나비 보여요

봄

햇살 솜사탕이
여학생들의 수다를 틀어막아요
날름날름 교정에 진달래 꽃잎마다 온통
성급한 관심이 날름거려요
까르르 까르르 웃는 배경으로
고놈의 핑크빛 혀가
날름날름 참견을 해요
아슬아슬 부풀어 터질 듯해요
틀어막아도 소용없어요
봄 날름막을 뚫고 진달래 팡팡 터져요

가슴앓이 1

내 귓속은 말들의 무덤
소리의 강이 흐른다
소리의 강을 건너 승천하지 못한
재밌는
놀라운
아름다운
원망하는 말
다 어디로 실려 갔을까

귓속엔 초원이 있고
말이 마시고 건너가는 강이 있어
원시처럼 십 리 밖의 소리로
구름을 움직이고
바람을 불러들여
내일을 점치던
초원에 살던 말들
모두 다 어디로 실려 갔을까

민들레 집 한 채

나는 꽃과 한몸이었고
꽃에게 눈멀어 구속당했다
사람 사는 세상에서 밀려난 작은 꽃이
절뚝이며 걸어 들어가 몸을 누이는
볕 바른 집 한 채
치매 들어 하얀 어머니의 방
저녁이면 머리 허연 오라비가
흙 묻은 바지로 돌아와
누운 꽃에게 불퉁의 안부를 물을 땐
구리구리한 노랑 내음에 끌리어
앉은뱅이 꽃에게 오체투지 했으리
깊이 잠들었을 때 데려가소서
아픔도 모르게 가만히 데려가소서
이만치 떨어져 살면서 꽃을 밀어내는
한때, 나는 꽃의 전부였건만
이제는 밤이면 촛불 켜놓고
잠들었을 때 가만히 데려가라고,
볼이 빵빵하게 민들레 씨앗을 날리는 것이다

2부

끼

피안의 세기마다 예수의 옷을 벗겨 마리아의 찢어진
청바지나 하이힐에 밟혔어
바 바 바 바 라 라라 라 부처의 콧등 대신 비에 젖은
물고기 모양의 풍경을 먼저 흔들었어
허공이란 커다란 물주머니를 잔뜩 가두고 있어서 때때
로 너의 신부이자 그의 애인이었어
언제나 바람보다 아둔했어 눈을 가늘게 뜨면
프리즘 속에 마구마구 생겨났어
일곱 빛깔이 할아버지와 할아버지의 직지심경 속에 잠
들었어
마린 먼로, 빌 게이츠와 루이 암스트롱 꿈을 날렸어
광화문 촛불 바다 위를 물결치다, 조문의 옷깃 가만히
접어주었지

몸을 관통해 심장박동을 열어준 태초
울음으로 열어준 목숨

입술로 가만히 바람'이란 말을 내 불면
살아있음으로 빛의 커튼이 보여

어제를 내리고, 툭 툭 시선이 뒹구는 자리마다 눈물이
떨어져
　들여다보면 꽃이 진 자리에도 살랑, 여우 꼬리가 보이고
　더 들어가 보면 허공은 온통 커다란 끈 주머니
　나도 모르게 당기는 끈

　오재미 바구니 툭 터지는 자리마다 총알이 탕탕탕 탕
탕탕! 탕탕 탕탕탕!
　낭자하게 희망을 쏟아내 국경도 없이 뻗어 가는 K팝
아리랑처럼

목어

　사랑을 약속한 이후 나는 등에 나무가 돋는 행복한 물고기가 되었다 하지만 헤엄치기 너무 불편했으니 물결이 높으면 고통스럽기 그지없었다
　나는 사랑을 모르던 지난날의 죄를 참회하면서 끝끝내 다 이루지 못한 약속을 소원했다

　목수의 아들은 내 등의 나무를 다듬어 사람들에게 틈날 때마다 두드리게 했다
　목탁소리도 종소리도 울었다

　나는 오늘도 내장 다 비우고 경계 사이를 유유히 헤엄치며 속죄하니 내 울음을 듣는 이는 귀가 젖어 하늘 말씀을 듣는다

　주먹으로 제 가슴을 칠 때면, 가슴에 눈 부릅뜬 물고기 철렁 뛴다

끈 3

다른 사람에게 나를 묶게 할 수는 없습니다
내가 할 수 있는 일은 그가 원하는 사람이 되는 것이었
는데
나를 묶는 끈이란 그 사람의 선택에 달린 일이어서
내가 아무리 그를 따라 달려왔지만
그림자는 원래 아무런 보답도 없는 것인지
실력을 쌓는 데는 여러 해가 걸려도
무너짐은 소리 없이 한순간인지

삶은 손에 무엇을 쥐고 있는 것이 아니라
끈에 묶여 있는가에 달려있음을
끈이 원하는 사람이 되는 데는,
일생을 두고 꽤, 오랜 시간이 걸린다는 것을
내가 나에게 분노할 권리조차 없었다면
내가 존재의 의미를 모르는 순간이 왔을지도 모릅니다

바스락 밟히는 가을 소리
낡은 바라리 끈이 가을이 펴내는 향기
그랬군요

가을이 한 몸이군요

실어증의 계절

끊임없이 연습하고 있었을 것입니다
있음과 없음 사이
보이는 것과 보이지 않는 것 사이에서
쉬지 않고 꿈틀거렸을 것입니다
아 저 살충제를 좀 치워주세요
맨 처음의 사랑도
맨 처음의 태아도
벌레처럼 꿈틀거렸을 것입니다
헝겊 구더기를 뚝뚝 떨어내며
있으되 있는 것이 아니듯
소년이되 소년이 아니고
청년이되 청년이 아닙니다
사랑의 미소가 있었을 테지요
슬퍼서 아름다운 이야기가 있었을 테지요
눈동자 거울이 녹아 내립니다
바글바글 지워지는 그림자 뒤에서
땅속으로 지워지는 생각들
바람 웃음이 보이지 않는 것처럼
세상, 꿈틀거리는데 보이지 않습니다
아 저 살충제 좀 좀 치워 주세요

잣나무

친정집 오래된 잣나무는 보았을 것이다
제 쪽으로 고추를 내놓고 오줌 누던 할아버지 모습을
아버지가 어머니를 모시고 오던 날 그 뽀오얀 수줍음을
실하게 여문 잣송이를 툭툭 떨어뜨리며
잣나무가 저를 좀 우러러보라 한다
(내 얼굴을 기억해 두려고?)
아무렴 잣나무는 내 이야기도 새기고 싶은 것이다
인민군이 마을도 밀려오던 날
운동장에 끌려갔다 풀려나오며
마른 잣나무를 거둬준 할아버지 손을 기억하듯
 전쟁이 끝나고 의지할 곳 없어 족보에 올려진 아저씨
가 잣을 터는 동안
 지붕 까마득히, 한 집안의 내력을 굽어보는

아프리카에서

아프리카는 내게 있어 신비로운 기회였다고
아프리카에서 편지가 왔다
앞이 안 보이도록 소나기는 퍼붓고
편지를 읽고 현관을 나서니
어디로부터 날아왔는지 철퍼덕거리며
미꾸라지가 튀고 있다
나무보다 집보다 높이 날았을 미꾸라지
흐린 날이 있어 생이 또 다른 기회로 이어진

아프리카에서 온 편지의 전령인 듯
미꾸라지
현란하게 만족한 숨을 몰아쉬고 있다

날개 없이도 날 수 있음을 보여 준
개천에 용

그림의 진화 1

이슬람 라마단 기간에 배고픔을 잘 그린 그림을 보내라
근육질의 남자들을 브라질로 보내라
입이 있어도 말하기 힘들고 귀찮은 사람들 대신
그림을 보내라

1800년대 모스부호 88이란 숫자는
'사랑과 키스'를 의미하는 남녀의 끝인사였다
1900년대 미국에선 '흐뭇'이란 뜻으로 사용했다
:- 농담이고
-: 농담이 아니고
:) 은 웃는 표정이었으나
이제 세계적인 공통어
^_^

마음이 너무 소중해
함부로 줄 수 없다면
톡톡 콕콕 똑똑
말 대신 이모티콘 보내세요.
아시죠! 나는 당신의 나란 걸

미래에서 온 편지 1

하늘 허락이 없이 비가 내려요
들판에 곡식 더는 자라지 않으니
들에서 일하던 사람들 다 어디로 갔을까요
마주할 집도 가족도 이웃도 없이
모두 어디로 갔을까요

언 강물 풀리는 소리에 귀를 대면
죽은 듯이 흘러가는 소리, 오래전부터
지상의 설산을 녹여 AI가 마시고
이 비 그쳐도 보름달은 보이지 않고
하느님 눈물 마른 지 오래라고 들었어요

겨울에도 정원이 한창이지요
창가로 옮겨 주실래요
아름다움에도 눈물이 안나요
제발 정원이 가짜라고 말하지 마세요
AI가 찰랑대는 수문을 쏴 열고
해가 뜬 하늘에 비 뿌린다 말하지 마세요

흘려보낸 눈물 다 어디로 갔을까요
눈물이 더 이상 필요 없어요
아,
눈물이 필요 없다고요?

미래에서 온 편지 2

다소곳이 절을 하는 아이가 있을까요 공손이 머무르고
공경이 머물러 자라는 맑은 눈의 아이가 있을까요 그런
아이가 사는 집 화단엔 벌 나비가 날아와서 이야기를 나
누고 한낮의 고즈넉한 꿈 이야기 뜰아래 흘러넘치거나
샘에 가득한, 지금도 하늘 담긴 물을 마시는 아이들 어
디 있을까요

새로운 세기, 깃발에 열광하다 수천수만 깃발들이 펄
럭이는 소리에 끌려갔다는, 24시간 잠들지 못하고 깃발
을 피해 어딘가 살아있는 아이들 없을까요

꿈속 개구리 울음소리를 내는 아이들,
펄럭이는 허세의 깃발에 싸여 버려진 아이들,
돈도 명예도 싫다며 개구리울음 우는 아이들,
태초의 무지개 닮은 아이들 어디 없을까요

지구마을 행성에도 꿈이거나 예의가 인간의 지표였던
시절이 있었다지요 정의가 자신을 지키는 열쇠의 시절
이 있었다지요

깃발에 잡혀가지 않은 아이들은 성공의 자동화공장으로 보내졌다죠 그 모두가 전설, 등 굽은 사람들만 허허로운 바람 그네를 타는 거기, 지구 맞나요.

마늘종과 논개

꽃이란 실은 종자 번식을 위해
꽃대를 밀어 올린 것인데
얼마나 강다짐으로 버텨야
지독한 쪽이 되는지
차라리 내 줄기를 뽑아가시오!
단단히 쥔 주먹
밑은 더 굵고 실하게
알토란 자식들 숨겨놓았다

마늘종 마음은
논개를 닮았다
기어이
꽃을 보여주지 않는

겨울에도 꽃

점점 불어나는 모략의 기미가 사막을 넓히고 있다
빙하를 녹이며 신이 분노하셨단 소문은 통속적이다

새들은 줄어든 숲에서 퇴화된 날개를 쉬고
안갯속에 하루는 시각장애인을 따라 귀가한다
진흙으로 구워진 아이들, 태풍과 지진이라는 아이와
바람개비 게임을 하는 시원의 블랙홀 속으로
지구가 빨려들고 있다

향기를 담아오지 못한 꽃잎들만
계절이 사라진다 전보 치듯 달려와
꽃 눈망울 온통
된서리에 찔려있다

유월

초록 병정들이 사방에서 쏟아진다
흙무덤들 텅텅 비도록
지하세계 꽃들을 데려온다

곡물을 키우며
꽃을 키우며
바람으로 나무로
오래 묵은 영혼들이 나온다

분단이나 이별
걸음이나 사상이 삐뚤어지는 것을
서슬 푸른 초록은 허락하지 않는다

장미 고양이

다가서려면 발톱을 먼저 내미는 고양이가 있어
밤낮을 가리지 않는 향기
낮에도 눈 먼 고양이가 있어

도도하게 차가운 당신은
가끔 와서 몸을 비비고 향기를 내미는
밀당의 고수
날카로운 손톱은 필수
애교는 기본

마음 홀딱 빼앗길 때면
속을 봐봐
거기 꼭, 고양이 한 마리 있어

산정마을에서

폭설로 길이 지워지자
사내가 비질을 하며 올라오더니
묘지 앞에 앉아 소주 한잔을 기울고 내려간다

산 아랫마을에서
바랑을 짊어진 스님이 올라와 산 뒤편으로 사라진다

입술 빨간 여자가 기어 올라와
새하얀 고랑 끝 비닐하우스 속으로 들어간다
오후에
소나무가 쥐고 있던 손을 털자
눈 속을 헤집던 멧돼지가 길을 되돌려 냅다 뛴다

밤이 되자
비닐하우스에선 여자의 입술처럼 빨간 불이 켜진다

폭설이 끌어안은 소리들 낮부터 그루잠 든다

존재 이유

세모는 세모대로
바람이 불어도 넘어지지 않습니다

네모는 네모대로
나보다 높은 곳의 높이를 인정하며
나보다 낮은 곳의 겸손을 인정합니다

동그라미는 동그라미대로 완벽하여
어디든 곧잘 굴러갑니다

모가 난 누군가는
모가 난 부분을 딛고 좀 더 하늘 가까이 가고자 합니다

누구나
완벽하지 않으면 태어나지 않았을 겁니다

11월

늘 비릿비릿 웃는 그가 무서웠다 어느 날 그는 김장무를 뽑다 말고 그렇게 피식피식 웃다 말고 아유! 야! 비명이듯 야유이듯 허공을 두 팔로 휘젓더니 휘적휘적 걸어가 산마루서 대닫는 막차를 향해 몸을 던졌다

두려움으로 지켜보던 나는 날아가 떨어지는 목숨을 봤다

삼촌은 무 뽑는 계절이면 이야기가 눈물이 될 때까지 술을 마셨다.
친구에게 무 뽑는 걸 도와 달란 당신 탓이라며 인민군이 다시 돌아와 와 앞산 능선에 산채로 무처럼 나란히 묻혔던 얼굴을 얘길 했다

우리 사 그놈이 다 잊어 뽑고 사는 줄 알았지 김장무를 뽑다 말고 대뜸, 차로 뛰어들 줄 알았능가 우라질 뭔 일이다냐 온 동네 눈칫밥으로 살았으면 악착같이 살아야지 으쨀가나 애비 에미 닮아 기막히게 잘 생긴 그 인물아까와 워뜩하냐, 백옥처럼 고운 모자母子 얘길 했다

플라타너스 낙엽이 저녁의 손처럼 덮이고, 사람보다
먼저 달려온 산 그림자가 가마니 밖 흐르는 피를 덮었다
비밀뿐이던 삼촌의 첫사랑처럼 갑작스레 눈은 퍼붓고

　내 작은 폐에서 계절을 앞서가며 물드는 잎맥처럼 늦
은 봄까지 날리는 기침

말

불이 밖으로 나오면 위험 혀. 나뭇간부터 집까지 다 먹혀 버리는 겨. 여자는 불 옆에 쪼그리고 앉은 여자를 향해 지청구를 하며 아궁이 속으로 불을 들이민다

고구마를 구워 먹고 아궁이를 열어 놨던가 바람 탄 불 티가 나뭇광에 옮겨붙었고 물 마시러 간 비명에 잡힌 불,

불의 입김이 닿은 여자의 옷은 결국 불에게 주어버렸 다

불이 입 밖으로 나와 친구가 데였지
친구는 사흘 낮 사흘 밤을 울며 찬물만 들이켜다 머리를 깎고 산으로 들어갔지
깎은 머리카락이 불 속으로 던져지는데 마음도 타버리는지 투덕투덕 재를 두드리던 친구 곁에서 자꾸 더 새어 나오려는 불을 꿀꺽 삼켰지

불 삼킨 속이 끓어서 길이 오래도록 흐렸지
말 삼키는 불이었지

물어물어 친구 찾아간 절엔 친구가 없었지
노을에 타는 아궁이 입이 어둠에 입 다물고 있었지

기억 속 어머니, 입 다물어! 불 떨어질라
말씀에 놀라 유성으로 빛나며 떨어진

말 매달린 끈을 절에서 줍는다 침묵을 오래 동여맨 끈
이다

시인

백치는 어디서건 눈에 빤히 보이는 물고기 시인은 새
하얀 잇바디에, 해맑은 미소가 늘어진 눈꼬리에 백치를
기른다. 백치는 시인들에게 친구를 데려다주고 함께 어
울리는 법이나 모르는 체 눈감는 법을 알려주지만, 시인
들이 버려진 느낌을 벗어나 물고기와 살아가는 법이 익
숙해 질 무렵 시인들 몸속 뼈 있는 본디 고기는 자꾸 죽
어 나간다 들여다보면 하나같이 쓸개가 없는

백치에게도 자존감은 치명적이라, 고독이란 비린내를
눈치챈 사람들은 하나둘 떠나간다 계산 모르는 웃음이
시詩라는 걸 짠 내 비린내를 분명히 하는 게 시라는 걸,
떠나간 사람들은 끝내 모른다
"도대체 시를 뭐 하러 쓰는데!"

꼬리를 잘린 문장들 지느러미 날개로 날지 않는다

시에게 주려고 상처로 노래를 만드는 시인들 있어 지
상에 별이 뜬다는 걸 사람들은 모른다

아다다 아다다 백치 아다다 시가 우주에서 오는 동안
불면을 빌어 쓸개 빠진 울음을 새기는 시인들

아담스 애플

　꽃 가람을 걸으며 아버지를 잃은 아띠*와 눈 바라기
하던 날 남자의 울음이 입에서 나오는 것이 아니라 목울
대의 울음통에서 나오는 것을 본 적이 있다 목의 중앙에
매달린 그것이 올라갔다 내려갔다 컹컹컹 소리를 내자
일제히 젖은 벌레들이 뿜어져 나왔다 그것은 사랑에 빠
졌을 때와 같이 꿈틀거리다 꿀꺽거리다 울렁거리는 것
이었는데, 얼굴 붉게 만드는 그것의 움직임은 아마도 그
울음통에 벌레들이 살기 때문이며 결단코 나의 아띠 것
이 아니라서, 세상살이 힘들고 지칠 때 참으라며 힘내라
며 안단테 안단테로 울분을 먹어치우는, 남자에게는 벌
레울음주머니가 따로 있는 것이다

　울음통에서 사과 향이 난다

　* 아띠: 친구의 순우리말

58

3부

박씨김씨오씨

도대체 돈이 뭔데 결혼을 안 허느냐고,
 증말 다들 하늘 뜻도 모르는 겨? 논둑의 '피'와 쌈해
봐! 정신이 번쩍 든다구

 논둑에 피 말 여
 그것이 두 뼘쯤 자라 씨앗을 맺으려 하면 얼른 베어버
리지
 그러면 열흘 지나 한 뼘쯤 자라 씨앗을 맺거든 또 베
어버리지
 열흘쯤 지나 반 뼘쯤 자라 씨앗을 맺어도 또 베어버리지
 그러면, 이 피란 놈이 손가락만큼 자라 씨앗을 맺거
든! 암, 또 베어버려야지 이번엔 작정한 듯 손톱만큼 자
라면서 씨앗을 맺어
 귀찮기야 내가 더 하지만 또 베어버려야 해
 이 피란 놈이 결국엔 땅 밖으로 씨만 내민다구
 시간 없어 급하다구 아예 주먹을 들이 민다구

 일평생 농사만 해온 남자가 술 마디를 흘리며 궁시렁
궁시렁 벌컥, 피와 핏줄 얘기를 쏟아 놓는다

그리 모질게 안 허면 이듬해 논바닥 다 차지하려 드는
걸!

손 흔들기

엄마 하늘의 동물들이 웃어요
꿈속마다 한 번씩 손 흔들어 주세요
저 동물 모두 뛰어내릴까 무서워요
언제든 뛰어내릴 준비를 하고 있는
아 하늘 가득한 저 동물들
꿈틀거리며 싸우지도 않아요
서로 좋아하는 것이 분명하지만
떨어져 바라보며 끄덕이며
서로 스쳐 가기만 해요
사랑이 격해서 부서지는 우리들
사랑과 함께 사라지는 엄마들
저기 하늘의 동물들이 울어요
웃다가 울다가 질식해요
물고기들 헤엄치며 멀어지고요
날개를 펼치던 독수리 몇 마리가
성당 첨탑에 떨어지며 피 흘리네요

너무 깜깜해요
그래도 꿈속마다 손 흔들어 주세요

하늘에는 동물들이 살아요
동물들이 웃어요

나도 날개가 있다

의사는 내 날개 끈이 끊어졌다며 칼을 댔다
나는 아무 형상도 얻지 못한 시간을 가늠하다
까무룩 달리는 차창에 붙은 나비 한 마리 만난다
내가 타고 있는 것은 기차
나비가 타고 있는 것은 속도
기차가 달리면 날개를 붙여 몸을 누이고
기차가 서면 날개를 펴서 수평으로 쉬는 동안
한 세상이 평화롭고, 한 세상이 소용돌이친다

퇴화한 날개를 키워 내야지
바람 때문에 얻지 못한 삶의 무늬 품어야지
고치를 짓던 뜨겁고 푸르던 하늘 그리는 동안
몽유에서 깨어나 통증만 차에 실린
나비 물음표 더듬이에 잡혀서
늦은 계절을 탐하는
나도 언제고 날았던 나비다

의사가 이은 어깨끈 자리에 날개를 꿰맨 자국이 선명
하다

사랑에 눕는 풍경

발치에 떨어지는 능소화 숭어리 숭어리 침대로 아는지
모과나무가 눕고 있어

오래전부터 나무,
물 마시는 게 보이지 않았어
잎 피는 게 보이지 않았어

기다림은 말하는 게 아니라는 듯
찬이슬에 세수하다
모가지째 바람에 내어 준 꽃

모과나무 한 그루
능소화에게 바치는 생애를 봤어

첫 발걸음을 끊었어야 했는데……

기어이 능소화에 휘감겨 쓰러지도록
첫 발걸음 떼어내지 못했어

경기도 여주에 거지허탕골 있었대

　내 태어나기도 전부터 불려서 아무런 의미도 모른 채
우리가 따라 부르던
　낮은 산골마다 사람처럼 이름을 갖고 있었다고

　가난하다 못해 비천한 삶들이 구원받았다는 구제 가는
길에는 꼭 마을이 나타날 거라 감쪽같이 믿게 되어 떠돌
던 거지들이 숱하게 배를 곯았다는 거지허탕골이 있었
다고 그리하여 배부른 삶에조차 도착하지 못하고 허무
하게 한고비를 넘어버린 생이 묻혔다는 허무랭이골이
있었다고

　호박고지처럼 납작하게 썰어 널린 논과 밭 아름다운
골짜기 이름들을 증언하는 욕쟁이 할머니 이야기, 누대
에 걸쳐 만신창이 목숨들이 살았다고
　충주댐 방류량을 늘린다고
　팔당댐 방류량은 늘일 수 없다고
　모든 이름에는 이유가 있다며 근심을 방류하는 구제마
을 스피커 경보, 우두산 소머리가 측은하게 골짜기 마을
을 내려다보는데

후포, 상구, 하림, 가산, 웃다리, 하늘, 당산, 범바우,
폭우가 내리는 날 여주 남한강 골짜기 골짜기를 돌아가
면, 몸이 허기지는 것도 모르고 대추나무처럼 다글다글
매달린

이야기 할머니 찾아 일부러 돌아 돌아가고

끈 4

방 가득한 우울과 마주 앉아 밥을 먹다
우물우물 입안에 뒹굴 뿐 삼켜지지 않을 때
마시다 만 커피의 갈색 띠가 보이고
싱크대로 가져가다 놓쳐 깨버렸을 때
입으로 들어가는 짭조롬한 우울을 데리고

시장 뒷골목을 걸으며 마른 가지 흔들리듯 다가드는
수많은 우울을 만나네
사람들의 옷깃에 검불처럼 엎혀있는 우울
손으로 살며시 떼어주는 바람의 손이네

우울은 나쁜 것이네 아니네 울울울 우리 울타리에는
우물처럼 사려 깊은 눈동자, 나란히 걸어가면
기다리는 사람의 끈으로 스스로 묶이는 우울이네

유리병

어둠을 벗어나려는 간절한 걸음이

힘겨운 발걸음이
물길에 닿는 것은 보았다
어둠을 벗어난 간절한 걸음이
곧은 대궁으로 거침없이 올라와
꽃송이로 피는 것을 보았다
햇빛과 바람이
벌 나비를 데려와 놀았다

다만, 사랑이 깨진 것은
온전히 내 탓이었다

소문

소음이 하루살이 떼를 몰고 둥글둥글 뭉쳐 비행하다
코로
입으로
들어가는 것

분꽃이 가만히 입을 닫고
맨드라미가 귀는 닫고
색을 닫는 것

입김에 보이는 찐득한 미소에서
낙엽 썩는 냄새가 나는 것

벚꽃 눈물

누구인가 내 전생 어느 때인가
널 두고 떠나 온 나를 만날까

하염없는 소원을 끌어 올린 것이
이승의 여기 꽃자리라면

우연과 필연을 오가다
기어이 아득하게 떠나왔다면

곱구나 고운 죄를 지어 달아나듯
무수한 눈물이 돌아오는 풍경이라면

아,

따스하게 이마 짚어 멀리서부터
분분히 날리는 벚꽃으로 나를 만날까

꽃의 칸타타

꽃이 웃으면 꽃의 내장도 웃을까

물이었다가
흙이었다가
뿌리였다가
줄기였다가
꽃으로 거듭나는 시원의 경계

아름다움을 건드리는 바람이라면
꽃의 뿌리는 기꺼이 길을 바꾼다
하얗게 길을 바꾼다

통증이여 사랑의 너름새여
흙을 적시느라 눈 감고 날 안아준
젖은 맨발로 나와 준 나의 뿌리여

거짓말탐지기

미세하게 떨리는 눈썹 깜박이는 반응까지 읽어낸다는 너에게 뜨거운 맥박의 설렘으로 내 사랑을 딱 들킬 걸 그랬지 숨을 참았다 힘을 주면서 사랑해, 라고 달달하게 속삭일 걸 그랬지

괜찮아 아무리 편한 자세라도 코를 만지면 금방 들통이 나도 괜찮아!
사실은 괜찮지 않은데 몸에서 술하게 빠져나간 거짓말 때문에 여름은 그토록 더웠던 거라지

땀나는 현상은 조절되는 것이 아닌데, 우리들 불만은 늘 37도를 기준으로 삐져나오는데, 자장면을 먹으며 내 짬뽕 맛을 보던 섣부른 너의 선택마저 딱 잡아내는 내 안의 폴리그래프

괜찮아! 괜찮아! 선물이 싫다는 그녀도 받으면 함박웃음 터지는 걸 우린 알지 그래도 말하지 않고 저절로 아는 것은 많지 않아,
너에게만 단 한 번, 표정을 다 해 사랑해! 라고 말하고 싶어

음악의 방

　오 촉 전구를 밝히자 장난감 병정들 벽면에 그득한 계
란판을 건너뛰며 도도도도도 하게 튀어나온다 액자에
갇혀 함초롬히 눈 감고 있던 댄서가 토슈즈를 털며 레레
레레레 종종종 걸어 나온다
　파파파 솔솔솔 바이올린을 타고 날아다닌다

　더러더러는 끄덕끄덕 졸고
　더러더러는 빈주먹을 쥐고 운명의 박자에 고개를 젓는다

　천 년 살아 낸 바오밥나무 가지에 걸려 어린왕자 비행
기 추락한다
　모차르트 레퀴엠의 커튼이 드리워진 뒤에서 깔깔대며
머리를 내미는 시시시 시시시한 듯 누가 저승을 넘보는
지, 댄서가 깜짝 놀라 액자로 들어가는 걸, 베어토벤이
성긴 눈썹을 치뜬채 굽어보고

　차이콥스키가 겨울 눈발을 맞으며 백조를 데리고 미끄
러지듯 나타나
　오촉 전구는 흡혈귀의 눈, 검은 바다 위에 관객을 누

이고 안식의 레퀴엠으로 출렁출렁

  음악에 중독되어 귀신 사는 이들
  과거와 미래가 얼어붙은 얼음 밑으로 속수무책들이 깔
린다

  눈부신 빛이 켜지고 달빛 소나타를 걷던 베어토벤이
벽면에 올라가 척 붙어버리자, 아름다운 댄서도 기꺼이
액자 속으로 들어가 이내 함초롬히다

시조새, 살아 있다

두 손을 모아 벽면에 그림자를 띄웠지 나비가 날았고
귀 곤추세워 개가 짖었어 토끼가 일어서자 여우가 귀를
쫑긋 세웠지 오리가 헤엄치고 새가 날았지 불을 향한 고
개짓들 따뜻한 방을 가득 채웠지

땅속 핏줄을 넝쿨째 잡아당기는 손, 내가 낳은 아기는
불쑥 탯줄을 단 붉은 새가 되어 안겼지 나는 태초부터
불을 건너온 생명을 단박 알아봤지

할아버지에 할아버지들은 다윈의 땅에 불새를 키웠고
무조건 땅속으로 아궁이를 내고 불을 들이밀었지 불새가
불의 알을 낳고 또 낳고, 이제 불새는 벗어나고 싶은 거
야 경주라 하는 천년도시에 푸드덕! 출구를 내고픈게지

새가 부리로 쿡쿡 쪼아댈 적마다 기와장이 떨어진다
삐긋해진 기둥에 금이 간다 불새는 다만 첨성대로 하늘
과 교신하고 싶은데 그럴 적마다 마그마처럼 흘러나오
는 사람들, 띠앗 깊은 소리들, 어느 것은 땅속이 마땅하
고 어느 것은 땅 땅 위가 마땅해

생명을 땅에 묻는 게 아니었어 살아있거나 썩지 않는
걸 땅에 묻는 게 아니었어 사람이 소화할 수 없는 걸 새
가 먹을 리 없잖아 새와 더불어 사는 것이 위험하다 하
지만, 새가 사랑해서 우리가 존재한다면, 완전한 이해
없이도 예까지 우릴 데려온 게 불새라면 지구가 구르는
게 아니라 시원의 새가 날고 있는 거라면

봐, 봐, 저녁이면 은가람 위 푸드덕거리는 저 불빛날
개들,
태양 빛에 씻기는, 애옥살이 처연한 생명들

오징어도서관

　한그루 플라타너스가 온종일 지켜보다 슬금슬금 도서
관을 향하여 그림자를 들이민다 어려서부터 도서관 옆
에 살게 된 나무는 도서관이 궁금했다
　오늘처럼 햇빛이 강하여 먹빛 진한 틈을 이용해 나무
가 도서관에 딱 붙어버리면 사상은 낯설고 비전은 싱싱
하다 먹빛을 게워내며 도서관을 꿈꾸던 나무가 덥석 사
람들과 함께 도서관 속으로 빨려 들어갈 수밖에

　얼마나 오래 키워서 저리도 거대한 오징어가 되는 것
일까
　12시 한 한 낮쯤 가면 세상 밖으로 꿈꾸는 도서관 책
들을 읽느라고 꾸불텅꾸불텅 창문마다 오징어가 다리
하나씩 척척 걸쳐 놓은 게 보인다
　오징어도서관은 오래된 나무의 고독을 안고 한낮 내내
황홀하면 그뿐

　탑처럼 쌓이고 꽂힌 책들이 미로를 빠져나와 소리친다
나의 생은 나무보다도 짧았구나
　저녁이 되면서 천천히 움직이던 오징어가 도서관 먹빛

활자들을 털어낸다 오징어를 밀어내며 도서관도 나무도
시침 뚝, 저녁 준비를 하고 있다 돌아보면 내가 먹어 온
모든 오징어는 오징어가 아니었다

파리가 날았다

살려는 의지가 있으면 기절하지 말아요 하루하고도 한
나절 마음 가득 혈안이 되어 쫓았지만, 어둠이라는 것이
소란을 피운다고 물러가는 것이 아니어서 소리를 모두
끊은 후에야 날개 소리 들리네요 빛 들어오는 창에 그늘
딱지 앉았다며 신문을 말아 쥐고 일격을 가했더니,

또르르 날개가 떨어지는데, 어디로 와서 어디로 가는
지 모르는 바에야 쉬파리나 시나 다를 게 없다는 생각에
펜 끝이 떨렸지요 그러나 산다는 것이 날개 부러지는 것
일 수도 있다고, 죽어선 여왕개미도 될 수 있다고, 똑바
로 앉아서는 앞발로 빌어대더니, 이런, 뒤집혀서는 뒷발
로 빌어 대는데 다리 꺾여 톡톡톡, 톡톡 튀는 것이 메뚜
기라도 되는 양 싶네요

들려요 몸통만 남아 콩닥콩닥 뛰는 소리, 쉬파리의 심
장에서 팔딱거리던 생명소리가 들려요 모르스 부호인양
받아 적은 것 들여다보면, 그 빨갛게 할딱거리던 아픔들
이 들려요

저는 다만 시가 되어 날아올랐어요 아침에 유리창은
감잣국처럼 따뜻했어요 나는 해체되었지만 유리창에 알
하나를 붙여 놓았어요 몸통만 남은 기적 같은 시간조차

시가 되어 날고 싶었어요 살뜰한 시 하나로 남고 싶었어
요……!

……햇살 속에서 쉬파리 노래가 들려요

AI-알파고, 읽다

알파고와 마주앉은 센돌을 읽으며
초침 읽는 소리 맞추어 돌을 놓을 때 나는
한숨이 막아서는 딱! 소리 들었다
알파고가 센돌을 5대1로 읽어 버리자
쎈돌이 흘리는 비릿한 웃음 나는
재빨리 '마치 우는 것처럼'이라고 적었다

알파고의 최상위 뇌파에게 찌릿찌릿 마음을 들킨들,
어떤 기계가 꽃을 만들겠느냐
사람이 머리에 뿔을 달고 태어나지 아니한
그 수많은 이유를 모르겠느냐
꽃들 조롱조롱 넋두리가 나를 부른다

시인은 배설하지만, 알파고는 배설하지 않는다
알파고는 피와 사랑을 수혈할 수 없다
알파고는 사랑을
사육당하거나 사육하는 것이라 입력했다
영원히 사람과 사랑이 하나라는 것을 모르므로
사람을 사랑하는 법 첫 장의 입력은 이러했다

"사람은 피와 눈물로 만들어진 존재임을 잊지 마시오"

광화문 촛불광장

사랑하는 사람에게만 활짝 웃으며 눈 감는 꽃이지
굽히기만 하는 소시민 아버지와
부수고 바꾸기만 하는 권력자 아버지 사이에서 태어나
침묵 때문에 빼앗긴 일상을 흐르는 불이지

그 오래전 총알이 뚫고 간 역사의 기억을 묶어
숙명처럼 핏빛으로 태어나는 꽃들을 묶어
산 이와 죽은 이의 상처를 단단하게 묶어
그 어느 역사의 끈들을 섬세히 묶어

우리들, 어쩜 하나도 안 변한다는
식민으로 입력된 그 빤한 거짓말에 속지 말자
무심히 반복되는 계절에 순응하지 말자
차라리 어깨 걸어 더욱 거룩해지자
다만, 뜨겁고 건강한 피로 스스로 묶이자

4 부

나뭇잎 세탁소

이파리처럼 팔랑 아파트를 날아다니며
나뭇잎으로 단풍드는 그녀다
순간에 떨어지는 이파리처럼
노랗게 눌린 주름들 팔랑 일으켜 세우고
물관부 눈물을 말리는 랄랄라 여자
주름이 사라지면 가져오세요
무너지면 다시 세워드려요

랄랄라 나뭇잎 무늬 옷 잎은 그녀
칙칙칙 더운 김을 품는 랄랄라 여자
매일 주름을 세우고 주름을 지우는 랄랄라 여자
나무가 스스로 걸어온 잎맥을 지우듯
주름의 이야기에 꼿꼿이 날 세우는 랄랄라 여자

책을 읽어 생긴 주름
노래를 불러 생긴 주름
사람을 보내느라 울던 주름
사람을 기다려 무릎 꺾인 주름
달을 읽어 생긴 주름

주름을 지우고 세우는 미소로
언제든 오세요 칼날처럼 세워드릴게요

혀

싸한 새벽처럼 아린 기억
하지 않은 말과 해야 할 말이 뭉친 듯
혀가 무거워졌다
캄캄한 입안을 우물거리면
머릿속이 하얗도록 반짝이는 별들
오동나무 잎으로 소나기를 가리며 뛰어가
달그락 책보자기에 도시락과 숟가락이 부딪쳐
어린 종아리와 박자를 맞추었던가
침이 입술을 넘어 턱을 적시고
드디어 숟가락 들일 자리 없도록 혀는 부풀었던가
사랑하다 죽어버린 시꺼먼 눈자위처럼
댓돌 위에 덩그러니 놓인 신발 한 켤레
비명을 지나 정신을 차렸을 땐
식은 죽처럼 바닥을 흐르는 뭉클함
혀의 물주머니를 찌른 바늘이 주름진 손에 들려 있었고
창호지에 박힌 코스모스를 밀며 나가는 잔 기침 소리
사랑받은 죄로 혀 대신 귀가 먼저 뚫리는 동안
'미안해' 라고 전하지 못한 옹이도 빠지는지
뜰 돌 신발 가득 별들이 내려와
가을밤을 함빡 적신다

칼춤

　무당은 집안의 수많은 이력을 날카로운 작두 위에 올렸다 송판 하나에 묻어온 저승 탓인지 맨발이 베이지 않았다 자주 귀앓이를 하는 얼굴과 시름없이 쓰러져 누운 길들이 선혈을 버텨내는 동안, 삼대독자에게도 국난의 바람은 불었으리라 아찔함을 더듬어 무당이 굿 장단에 맞추어 펄쩍펄쩍 뛰는 동안 건넛마을 웅덩이에선 밤하늘 높이 머리를 풀어헤친 귀신이 솟았다가 꺼졌다가

　두려움은 대문 삐걱대는 소리에도 서로 손을 꼭 잡았던가 작두는 피 아닌 무녀의 땀으로 젖고 얼마나 더 귀신을 끌고 가야 할지 언제 귀신의 손을 뿌리치고 솟을대문 가문과 국난 사이 길을 당당히 지켜 낼지 환자의 비명과 땀으로 멍석이 젖고 있었다 오후부터 어둠까지 몰려온 웅성거림과 함께 길이 춤을 췄다

한입

공룡이 한입을 먹는다
한 마리 토끼를 통째로 먹는다
바람이 한입을 먹는다
가을의 들녘을 통째로 먹는다
아기가 한입 밥을 먹는다
입 가득 오늘을 삼킨다
한입의 사람을 먹는다
한입의 사랑을 먹는다
당신을 먹는다
꿈을 먹는다
한입에 천 년이 넘어지고 다시 일어선다

기둥

저마다 조금씩 떨어져 있습니다

한 마리 거미도
촘촘한 간격으로 허공을 세웁니다

조금씩 떨어져 있어서
하늘이 무너지지 않습니다

편안하고 든든합니다

그림의 진화 2

공포처럼 먹구름이 내려와 있는 울증에서도
너에게라면 하트 송송 꽃다발을 보내지
힘겨운 오해조차 화해로 건네주는 길잡이
푸하하하 웃으며 나, 이쁘지! 윙크하지
분노를 얼굴로 표현할 필요가 없어
놀라운 슬픔을 몸으로 울어 줄 필요가 없어
21세기는 100만 이코티콘이 끌고 달리지

냉정하게 찔끔 울고 돌아서
눈이 퀭한 절망쯤은 1초에 과거로 보내버려
말이 힘든 미묘한 감정이나 곤란한 상황은
손바닥으로 하늘 가린 유머로 용서할지라도
아─ 참, 박장대소는 조심해야 해
추락 1초면 너도나도 끝
봐봐, 고개를 숙여 석고대죄하는 심연에서
이빨 새에 낀 깨알 하나 고소하게 씹고 있는
이모티콘 식객들
달콤하게 삭삭 베어 먹다
마지막 남은 수박씨처럼 뱉어 내는
핸드폰 속 저 살벌한 그림들

밥심

세모난 마음에는 세모가 되어주고
니 밥 먹었나
네모난 마음에는 네모가 되어주고
니 밥 먹었나
동그란 마음에는 동그라미가 되어주고
니 밥 먹었나
–

위대하게 왔다 간다

순결

동여맨 봉숭아물이

어머니 옥양목 이불에

연지를 찍어 놓았다

구름 건망증

막 도착한 북아프리카의 푸른 바람이
길을 멈춘 여자의 치맛자락을 펄럭인다
치맛말기를 바투 잡고 머리를 더듬는
저 여자가 멈춘 길에 슬몃 구름이 얹힌다

원숭이가 제 새끼의 머릿속을 뒤적이는
짐승 눈빛의 여자가 카누를 타고 갈대밭을 빠져나오는
독수리 한 마리가 살점 없는 해골을 쪼아대는
코끼리가 새끼를 거느리고 철퍼덕거리며 진창을 건너는
소나기를 머금은 매지구름이다

근심은 방심한 순간에 더욱 치명적인지
멈칫하던 오도 가도 못하던 여자
빠져나온 골목길로 돌아서서
돌풍에 놓인 빨래처럼 냅다 달린다

사과

딱!

사과를 쪼개어 먹다가

사과 씨앗을 보고 알았지

사과도 태어나

사랑하였다는 걸

사랑이 아니라면

사과도 없었다는 걸

사과조차

사랑이라는 걸

수상한 배

묵정밭은 허리케인 카트리나 항해를 멈춘 폐선의 끝머리를 삼키고 있다 어느 날 물살이 아닌 바퀴를 타고 와 깃발을 펄럭이며 뱃전 가득 연인들을 끌어들이던 이젠 아무도 들이지 못하는 붉은 타이타닉호 새까만 물고기들이 폐선 위로 몰려와 구름 방귀 소리를 낸다

기억하는 것은 조그만 프렌치 쿼터 거리, 흐린 유리창으로 이어지는 세기말적 유혹, 야릇한 매력의 벽돌, 낡은 우체국의 쪽지들, 희망봉이라 불리던 케이프타운의 목쉰 고동 소리, 뱃사람이었던 노인의 꿈에 수시로 허기지던 향수, 흙은 퇴적층의 밑바닥처럼 단단하지만 선체는 오래전부터 옥수수 잎을 건너오는 알이 밴 사마귀나 눈에 보이지 않는 벌레들에 점령당하고

근심을 겪어온 이력이 썰물처럼 밀물처럼 드난 산다 경로당 패는 낡은 배를 가리키며 괜히 통박이다 하늘 방귀 구름 따발총 소리가 시꺼멓게 달려들자 타박이 불거진 노인들, 튀어 오르는 비를 피해 배를 탄다 배를 삼키려는 듯, 묵정밭 풀들이 쩍쩍 입을 벌린다

지갑을 잃어버렸다

벚나무도 한껏 부풀어서 자분자분 창안으로 꽃잎을 날렸다 꽃잎들 곁에서 휘리릭 낯선 옷깃에 바람이 일어나자 벚나무가 놀라 꽃잎을 팽개쳤다 쏟아진 꽃을 밟고 선 여자는 방금 인사한 손이 수상했다며 우물거렸다 입술 화살이 튕겨 나가 사람 사이로 내달렸다 안면 튼 몇몇은 허리가 꺾이도록 허기가 들었다 각자 집으로 돌아가는 신발 뒤축엔 뭉개진 꽃물이 의심처럼 물들었다 완벽한 행사였다며 행사장에선 행복을 팔고 있는 것이 분명했고 대다수 사람들은 행복을 사 간 것이 분명하지만, 마음을 꽁꽁 벼린 채 불행을 사간 이가 있었다

첫눈

아득하게 휘어져 끝이 보이지 않는 길을 적시며 온다.
언제나 늦는 사람처럼 오래 잊힌 사랑처럼 온다

웅성거림과 수군거림을 정적으로 덮으며 눈은 온다 가
슴에서 튀어나와 간 그림움들 수만 분화구를 거쳐 환생
하여 눈으로 온다 눈을 보고 설레지 않은 사람은 이미
죽은 사람

보자마자 눈 맞은 고양이 같은 여자와 늑대 한 마리가
인간의 마을을 비껴 숲 속 오두막으로 들어가 누웠을 것
이다 아마도 첫눈은 거기부터 휘몰아쳐 달려왔을 거라
고 입 크게 목어가 우는 밤

눈이 눈을 맞아 하얗게 새우는 그게 겁이나, 밤새 아
무도 딛지 않는 길을 참새들이 먼저 빗살무늬를 찍는다
부리마다 사랑에 언 소리를 물고 쨉쨉대는

발자국 없는 저 눈을 들여다보면 사랑벙어리 모습 가
득하다

변명 한 마리

똬리를 틀어 머리 빳빳이 들고
저를 버리고 멀어지는
내 욕심을 노려보는
지독한 냄새

삼킨 것들은 삼킨 만큼 욕심이 되지만
울음은 삼킨 만큼 꽃이 된다

세상은
먹은 만큼 반드시 나오게 마련이라고
냄새를 피우며 너 이렇게 살아있다고
몸 쓸고 나온 한 마리
저리도 당당하다

애야,
별이라도 떨어지면 똥이란다

고해의 풍경

엄마가 들고 있는 스케치북 안에서
열 살 남짓 아이가
볼일을 보고 있다
부끄러움을 가려주는 배려 안에서
아이는 참으로 시원한 시간을 보내고 있다

고해소를 믿고 들어설 때면
체면과 위선으로 굳어져
배설이 안 되는
온 얼굴 빨갛도록 힘겨운 시간
부끄러움 지우는 사제는
천
천
히, 다 들어주는 하늘 귀

비움과 배설은 치유의 방편인가
우회전할 때 흘낏 보니
저– 아이
뽀오얀 엉덩이
다 보인다 다 보여

국이 식었다

바라보는
그림자가 그의 가슴까지 내리 덮였다
국을 말다
스스로 깊어져 숟가락을 툭 떨어뜨렸던가
모르는 척 손수건을 건네고는
그가 바라보는 자리를 나도 바라보았던가
손톱 봉숭아 꽃물을 바라보는 동안 국이 식고
한번이던가, 눈물 떨어진 밥을 밀어 넣는
잠잠하게 빨려드는 그 까만 입속

바라보던 자리에 별이 뜨려는지
더딘 길을 분명하게 비추려는지
침묵 사이로 어둠이 먼저 들어서려는지

냉이꽃국

대궁이 실한 꽃을 웅큼 웅큼 따다가
콩가루 솔솔 뿌려 연한 된장에 살풋
엄마는 봄이면 냉이꽃국을 끓였다
꽃 따러 가자 하던 저녁처럼
텃밭 하얗게 핀 꽃 속으로 들어가신 듯
이제 엄마는 치매 든 하양 여자
추위를 받아 마신 생각들이
냉이冷以꽃이 되었다면
가라사니*, 엄마는
80평생 봄을 해산했으리
올해도 텃밭엔 냉이꽃 지천인데
따신 국을 위하여 어디 꽃을 따시는지
앞치마 개켜진,
엄마의 부뚜막이 오래 비어 있다

* 가라사니: 사물을 판단할 수 있는 지각이나 실마리.

따스한 빈집

고만고만한 자매들이 양푼이 비빔밥을 놓고 둘러앉으면
열린 뒷문으로 선명한 가르침들이 지나가곤 했다
흑동고래 위로 구름이 지나가고
고래 물을 뿜는 호랑이가 지나가고
숟가락들이 종알거리고 호호거리는 소리를 시샘하듯
쿠르릉 번개 기침이 지나가고
첫째 숟가락은 빨래를 걷어야지 하며 일어서고, 둘째
숟가락은 장독을 덮어야해 하며 일어서고 셋째 숟가락
은 봉당에 대소쿠리 당겨 놔야지, 하며 일어서고 숟가락
하나가 일어서고 또 일어서고
우산이 없어, 비닐포대라도 써야겠다 닭장 문 열어라
닭 들어가게
재 날릴라 뒷간 문도 닫아야지
숟가락들 숟가락들 숟가락들⋯⋯
뒤꼍 앵두나무 다 알았다는 듯, 빨간 주먹을 가득 내
민다

시작메모

광포한 문명의 아수라,
존재론적 기원에 대한 사유

박 상 옥

특별히 긴 문장을 그리고 싶지만 속도는 침묵을 거부한다. 컴퓨터와 휴대폰은 이모티콘의 어머니. 이모티콘은 두 눈을 훤하게 뜨고, 반듯한 입을 가졌어도 말을 찾지 못하는 이들을 대변하며 쑥쑥 자랐다. 이모티콘은 가만히 웅크린 채, 메아리를 거부하는 심리를 앞세워 달려왔다. 때때로 내가 가만히 내 안의 침묵과 시간을 보내고 싶을지라도, 이모티콘은 어서! 라며 조급하게 내 마음을 앞지르기한다. 나보다 존재감이 더 센 이모티콘이 휘젓는 세상, 눈코 뜰 사이 없다. AI, 어느새 웃으며 슬픈 친구라며 날 부리고 있는 것이다.

이 시대의 문명은 속도를 무기로 이 세계를 하나로 묶어 놓았다. 지구 반대편의 일들이 실시간으로 전송되는 시대의 연대連帶는 기쁨보다는 분노를, 기다림과 그리움보다는 찰나의 환희에 길들기를 강요하고 있는 듯하다. 나의 시 쓰기는 이런 찰나의 아픔과 슬픔을 긴 기다림과 그리움으로 돌려놓아야 한다는 절박감으로부터 시작된다.

가속화된 문명 속에서 버려지는 건 언제나 사람이다. 분노와 원망은 드러날수록 비참하다. 빨간 상의에 검은 바지에 앙증맞은 아기가 신발을 신은 채 해변에 엎드려 있었고, 파도가 쓰다듬어 주고 있었다. 테러와 전쟁을 피해 더 나은 삶을 찾아간 길 끝의 죽음. 나라와 이웃이 절대 끊어지지 않는 끈으로 아일란 쿠르드를 묶었더라면, 온 유럽이 슬픔과 경악을 금치 못할지라도 파도는 영영 아일란 쿠르드의 생을 돌려주지 않는다. 끈이라면 인정을 앞세우건 피를 내세우건, 정의로 단단히 묶여야 하지만, 인간이 부끄러운 지경을 가리키며 아일란이 누워있는 것이다.

물고기의 울음소리를 산에서 들었다. 심한 비바람을 헤엄치며 고동 소리 내는 물고기에 붙들려 비를 피했다. 그날 행여나 하고 찾아갔던 비구니 친구는 절을 비웠다. 두 눈을 부릅뜬 울음 속에 들어가 누우니, 예수께서 당신의 모상과 같은 인간을 만들 때 완전한 인격체를 생각하지는 않았다는 깨달음이 아팠다. 완전한 것은 없다고, 부족한 일을 접고 체념할 때마다 내가 느낀 자유를 생각하면, 삶이란 허우적거리며 물속에 사는 것일지도 모른다. 목어처럼 눈을 감지 못한 채, 허허로운 빈속에 들이차는 바람에 떠밀려 사는 것인지도 모른다. 인연을 내려놓고, 미움을 내려놓고 사랑에 초연한 지난날을 두고 여기까지 온 것은 아닐까. 웃음과 울음이 같을지도 모른다는 생각에 젖을 때마다 마음의 울타리가 되어 날 지켜보는 내 안의 목어 소리가 들린다.

'이쁘다'는 말보다는 '곱다'란 말이 좋다. 마네킹의 선명한 미소보다 살폿한 수줍음이 좋다. 호암지 산책로를 걷다 만나는 물 비린 바람은 얼마라도 견딜 수 있다. 살아가는 동안 욕망의 나신裸身만 아니라면, 사랑이야 다 아름답고 누구나 짝사랑의 순수는 영원히 가져가는 것. '곱다'라는 말 속에는 몸이 원하는 끈적거림이 없다. 다리로 다리를 걸지 않아 넘어질 필요도 없으니, '곱다'라는 말이 부드럽게 휩쓸고 지나간 후에는 오랜 왕궁 빛 은은함과 굳건함이 몸에 새겨지는 것이다.

어려서부터 귀를 앓았으니, 내 귓속은 말들의 무덤이다. 선명하지 않은 소리들이 흐르는 강이다. 말들이 건너지 못하는 소리의 강은 쉽게 승천하지 못하고 승화되지 못한 말들의 아우성일 적이 많다. 재밌는 말이 묻히고. 놀라운 말들이 묻히고. 아름다운 말도 묻히고. 원망하는 말도 묻히고. 때때로 강을 건너지 못해 귓바퀴 밖

어디로 실려 가버린 울음을 찾아서 귀는 가끔 이명 소리를 낸다. 그래도 잘 살아서 돌아간 말들도 있어서, 어떤 말은 참나무에게 걸려 잎사귀가 되고 단풍이 든다. 어떤 말은 구름에 얹혀 아프리카까지 달려간다. 내가 아니어도 소리가 달릴 곳은 무수히 많아서 사방이 공허하지만, 나는 아직 하늘 아래 감사한 나만의 귀를 지니고 있다.

둥글다는 것이 선한 것으로 생각한 적이 있다. 가을이면 떨어지는 잎들이 몸피를 줄여 둥글게 굴러가는 것을 보면, 바람의 일이란 참 즐거운 것으로 생각한 적이 있다. 그러나 거기까지다. 둥근 것이 최선이 아님을 알았던 날은 기어이 왔다. 이런 저런 시련을 건널 적마다 벽을 넘어가려면 모서리를 세워야 한다는 것을 아는 때와 부딪쳐온 것이다. 세모인 듯 네모인 듯 이지러진 모습으로 달이 차오르는 것을 보면서 좀 더 돌아가기로 한다.

명절이면 제수 바구니를 끌어안고 툇마루 앉아 햇살 받는 할머닌 깨끗하게 차려입어 곱고 앙증맞았다. 60년대라면 군것질이 흔하지 않았으니, 댓돌 아래 안마당 꽃밭을 가로질러 열여덟 손주들은 길게 줄을 서서 할머니께 먹을 것을 받았다.

할머니가 목기쟁반이나 대바구니를 머리에 인 것은 분명, 키가 훤칠하게 큰 오래비들을 배려한 것인데, 반대로 키 작은 손녀들에게 인색한 때문이기도 했다. 모처럼 새로 지어 준 색동저고리에 들떠서 줄 끄트머리서 기다리던 올망졸망하고 얌전한 계집애들 속에 애타는 맘에 대하여 어머니 사랑은 늘 모른 체가 최선이었다.

돌아보면 명절날 제기 위에는 여자의 참는 도리만 엄정하게 놓였었는데, 할머니 호통만 울안 홍시처럼 붉게 빛났었는데, 설까치 울음소리는 제각각이라 이제 이 시대는 남존男尊의 시절을 까치밥 해거름에 걸어 놓고. 공부든 밥이든 지위든 뭐든 남존男尊으로 누리던 것들이 뒤바뀌고 있다.

삼종지도三從之道를 목숨처럼 중히 여기며 사셨던 어머니를 생각하면, 엄중한 여자의 도리만 말고, 따스한 배려나 자유로운 도전도 허락받았다면 좋았을 걸, 하는 옹이진 마음 구석을 발견하게 된다. 양반가에 눌려 교복이 아니고는 바지를 입지 못했던 명랑한 시절의 고립감은 지금의 내 답답한 정서의 밑바탕임을 고백하지 않을 수 없다.

어느새 가문이나 양반이나 문중이란 단어는 사전에서만 꺼내보는 세대가 되었고, 아직 그 세대가 사라지기 전 21세기는 걷잡을 수 없이 내달리는 문명의 광포함 속에 허술하게 놓여 있다.

문명 때문에 사람의 선한 본성이 마르고 있다고 보는 나에게 문명은 인간이 낳은 또 다른 죄다. 나의 문학작품은 문명으로 인한 인간성 상실과 문명이 억압하는 인간의 자유의지 상실에 대한 아픔이 아닐까 한다. 빠른 속도 때문에 우리가 잊었던 삶의 본령이나 궁극적 의미를 일깨워 주는 게 문학이며 시적 존재론이 아닐까 한다.

　이런저런 직함을 맡아 바쁘게 보내는 2018년 내 안에 도사린 사람에게 말을 건넨다. 지나간 사람을 기억해 내는 동안 커피에 담긴 얼음이 녹는다. 기억을 들여놓고 느끼는 것은 봄일 때도 있고 가을일 때도 있다. 봄으로 기억하고 있는데 가을이 되어버린 사람, 더 이상 부대끼지 않으려 했건만 파릇한 새순으로 나타난 사람, 아픈 기억도 마주하면 따스해지는지, 오래 얼려놓은 시간을 들여다보면 얼음덩이들 흔적 없다. 오히려 가만히 저들끼리 나를 적신다. 당당하지만 교만하지 않게 겸손하되 비굴하지 않게 얼음조각들이 기지개를 켠다. 단 하나의 이름으로는 정의될 수 없는 이순의 문턱, 침묵에서 뜨거운 김이 난다. 시의 몸을 빌어다 쓴 숱한 인연들, 하얗게 풀린다.